D0614821

Collection MONSIEUR

Mr. Men   Little Miss

Monsieur
BING

Roger Hargreaves

HACHETTE
Jeunesse

Monsieur Bing était tout petit et tout rond.

Rond comme une balle.

Et comme une balle, il rebondissait partout.

Bing! bing! bing!

Ce qui ne lui rendait pas la vie facile.

La semaine dernière, par exemple,
monsieur Bing alla faire un petit tour dans la campagne.

Il arriva devant le portail d'une ferme.

Il grimpa dessus.

Il sauta à terre...

... et rebondit jusque dans la mare aux canards.

BING! fit monsieur Bing.

FLOC! fit monsieur Bing.

COIN! COIN! firent les canards.

L'autre jour, par exemple,
monsieur Bing se réveilla très tard.

Il bondit hors de son lit...

Et rebondit sur la descente de lit,
et puis hors de sa chambre et puis dans l'escalier...

Bingbingbingbingbingbing...

Monsieur Bing se releva,
entra dans la salle à manger et s'assit sur une chaise.

BING!

Il rebondit sur la chaise et se cogna au plafond.

BANG! fit la tête de monsieur Bing.

OUILLE! dit monsieur Bing.

Monsieur Bing se frotta la tête.

– Je ne peux pas continuer à rebondir partout comme ça, se dit-il.

Il réfléchit.

– Et si j'allais voir le docteur?
Il aura peut-être un remède.

Donc, ce matin-là, monsieur Bing mit son chapeau
et s'en alla chez son docteur.

Chemin faisant, il trébucha sur un caillou.
BING !

Et il rebondit dans un court de tennis,
où deux enfants étaient en train de jouer.

Tu devines la suite ?

Les deux enfants prirent monsieur Bing
pour une balle de tennis.

BING!

OH!

BING!

AÏE!

BING!

OUILLE!

Pauvre monsieur Bing!

Finalement, l'un des deux enfants frappa si fort
que monsieur Bing se retrouva
en dehors du court de tennis.

Il rebondit sur la route.

Ouf! Il était temps!

Monsieur Bing avait mal partout.

Il décida de prendre l'autobus
pour finir le trajet.

C'était plus prudent.

L'autobus s'arrêta devant la porte du docteur.

Monsieur Bing descendit de l'autobus.

Mais pas comme tout le monde, oh non!

Bing! Bing! Bing!

Il rebondit sur le trottoir
et entra chez le docteur par la fenêtre.

Le docteur Pilule était assis derrière son bureau.

Il prenait une tasse de café.

Monsieur Bing entra en vol plané et atterrit...

Tu devines où ?

Exactement!

PLOUF! Dans la tasse de café!

OUILLE! cria monsieur Bing.
Car le café était très chaud.

– Juste ciel! s'exclama le docteur Pilule.

Le docteur repêcha monsieur Bing dans la tasse de café et le fit asseoir sur un buvard.

Monsieur Bing exposa son cas.

– Je me disais que vous pourriez peut-être me donner quelque chose qui m'empêcherait de rebondir partout, conclut monsieur Bing.

– Hum... fit le docteur.

Après avoir longuement réfléchi,
le docteur Pilule ouvrit son placard
et en sortit une paire de minuscules chaussures rouges.

– Ces chaussures sont très, très lourdes, dit-il.
Elles devraient vous empêcher de rebondir.

– Oh, merci, docteur ! s'écria monsieur Bing.

Il mit les chaussures et rentra chez lui...
Sans rebondir !
En marchant comme tout le monde.

Ce soir-là,
monsieur Bing garda ses chaussures pour aller au lit.

Et il s'endormit.

Le lendemain matin, il se réveilla, bâilla, s'étira, et sauta de son lit.

Il ne rebondit pas!
Mais...

... il passa à travers le plancher
et se retrouva directement
dans sa cuisine.